INSTITUT DE FRANCE.

ACADÉMIE FRANÇAISE.

DISCOURS

PRONONCÉS DANS LA SÉANCE PUBLIQUE

TENUE

PAR L'ACADÉMIE FRANÇAISE

POUR LA RÉCEPTION DE

M. GASTON BOISSIER

Le 21 décembre 1876.

PARIS
TYPOGRAPHIE DE FIRMIN-DIDOT ET Cᴵᴱ
IMPRIMEURS DE L'INSTITUT DE FRANCE, RUE JACOB, 56

DCCC LXXVI

ACADÉMIE FRANÇAISE.

M. Gaston Boissier, ayant été élu par l'Académie française à la place vacante par la mort de M. Patin, y est venu prendre séance le 21 décembre 1876, et a prononcé le discours qui suit :

Messieurs,

Vos suffrages m'imposent un devoir facile ; j'ai à vous retracer une vie honnête, pleine d'œuvres utiles, et qui s'est écoulée au milieu de l'estime et du respect de tout le monde. Quoiqu'elle se soit prolongée bien au-delà des existences communes, elle ne contient pas d'incidents extraordinaires et pourrait être racontée en quelques mots. Les gens sages sont en général comme les peuples heureux, ils n'ont pas d'histoire. M. Patin a choisi sa voie de bonne heure, et il a marché toujours droit devant lui ; il n'a eu, chose rare de nos jours, que les ambitions de son état.

L'exemple de ses meilleurs amis, l'éclat de leur fortune politique, les facilités que lui offraient les cinq ou six révolutions qu'il a traversées, ne l'ont jamais séduit : sous tous les régimes, il s'est contenté d'être un savant et un lettré. C'était, Messieurs, une résolution sage, et dont il n'a pas eu lieu de se repentir : dans cette vie laborieuse et paisible qu'il s'était faite, il ne cherchait que les plaisirs de l'étude, les joies intérieures du devoir accompli, l'orgueil légitime des services rendus ; vous verrez qu'il y a aussi trouvé le bonheur.

Une des chances les plus heureuses de M. Patin, dans son heureuse carrière, fut de venir à temps pour recevoir une excellente éducation. Il avait juste l'âge d'entrer au collége quand les colléges furent rouverts. La révolution les avait fermés en 1794, lorsqu'elle détruisit d'un coup toutes les anciennes Universités. L'essai des Écoles centrales, qui fut fait ensuite, n'avait qu'à moitié réussi, et l'on venait enfin de se décider à rétablir à peu près ce qui existait auparavant. — C'était le goût du moment de retourner en tout au passé, et l'on relevait l'antique édifice avec le même empressement qu'on avait mis à le détruire. — Les vieilles études classiques furent donc restaurées ; elles revinrent, mais comme renouvelées et rajeunies par ces quelques années d'absence. Depuis qu'on en avait été privé, on en sentait mieux le prix ; d'ailleurs les circonstances leur donnaient un air de réaction qui achevait de les mettre à la mode. Les maîtres de l'ancienne Université de Paris se ralliaient autour de l'Université nouvelle ; dispersés de tous côtés par l'orage, forcés souvent d'accepter pour vivre des positions modestes, peu conformes à leurs goûts et à leurs habitudes, ils étaient heureux de reprendre les occupations de leurs plus belles années. La joie qu'ils éprouvaient à se retrouver dans leurs chaires relevées, à relire Cicéron et Virgile, dont ils étaient éloignés et comme exilés depuis si longtemps, se communiquait à ceux qui les écoutaient. Le maître enseignait avec plaisir, l'élève étudiait avec ardeur et par suite avec profit. Le concours général, qui avait disparu en 1793, après une émeute d'écoliers, venait d'être rétabli, et jamais ces fêtes scolaires ne s'étaient célébrées avec autant de pompe. Elles donnaient lieu à des incidents animés qui montrent l'ardent intérêt qu'y prenait la jeunesse. Je lis dans un journal du temps, *la Décade philosophique,* qu'à la distribution des prix de 1804 l'élève qui venait de remporter pour la seconde fois le prix d'honneur, s'avançant vers les personnes distinguées qui assistaient à la cérémonie, les remercia en fort bons termes de leur présence, et prit ensuite, au nom de ses camarades, l'engagement de rendre un jour leurs talents et leurs efforts utiles à la partie : « J'en jure par ces couronnes, » dit-il, et le jeune auditoire éclata en applaudissements. Messieurs, ce lauréat de l'an XII, l'Institut le possède encore, et il conserve, malgré ses quatre-vingt-dix ans, tant de passion pour l'étude, tant d'ardeur et de verve, un esprit si ferme, si vigoureux, que je suis bien tenté de l'appeler, comme l'écrivain de la *Décade,* le jeune Naudet. M. Patin suivit avec éclat l'exemple des Naudet, des Le Clerc, des Cousin, et il fut, comme eux, plusieurs fois vainqueur dans les luttes du concours ; comme eux aussi, ses succès parurent le destiner à l'enseignement, et l'on pouvait dès lors prévoir qu'après avoir été l'un des plus brillants élèves de l'Université, il en deviendrait l'un des meilleurs maîtres.

Ici se retrouve cette heureuse fortune qui accompagna partout M. Patin : au moment même où il songeait à entrer dans l'enseignement, l'École normale fut fondée. Il y avait plus de cinquante ans que l'opinion publique en réclamait la création, mais en France les bonnes choses ne font pas vite. La Convention nationale, vers la fin de son orageuse existence, avait voulu réaliser le vœu des anciens parlements et instituer pour les jeunes maîtres une maison d'instruction où on leur apprît l'art d'enseigner. Malheureusement elle s'y prit avec trop d'imprévoyance et de faste : quatorze cents jeunes gens furent levés à la fois dans toute la France ; on les fit venir en toute hâte à Paris ; mais, quand on les eut rassemblés, on ne sut plus qu'en faire, et, après cinq mois d'essais stériles, il fallut les renvoyer chez eux. Quinze ans plus tard, l'idée de la Convention fut reprise par l'empire, cette fois d'une façon modeste, et avec aussi peu de bruit et de dépense que possible. On se contenta de réunir cinquante élèves, qu'on logea tant bien que mal dans les ruines de l'ancien collége du Plessis. On leur donna deux maîtres seulement ; mais quels maîtres ! M. Villemain, pour la littérature ; pour les langues anciennes, M. Burnouf. Du reste, point de programme ni de règlement ; chacun allait devant soi, suivant les caprices de son imagination ou les préférences de son esprit. On lisait beaucoup, on causait encore plus. La leçon achevée, c'étaient des discussions sans fin, où les idées du maître étaient complétées ou combattues, où tous apportaient en commun le résultat de leurs travaux, de leurs lectures, de leurs réflexions. « Dans cette libre et fraternelle familiarité d'âmes, » comme l'appelle un contemporain, chacun profitait du progrès des autres; les esprits s'étendaient par la méditation et s'aiguisaient par la dispute. Jamais on ne sentit mieux le profit qu'on tire de ces années de recueillement et d'étude, placées entre le collége et le monde. et quelle lumière peut jaillir de la rencontre de quelques intelligences sincères, qui n'ont pas eu le temps d'avoir des préjugés, et n'ont pas subi encore toutes les servitudes de la vie. Plus tard, les préventions, les souvenirs, les intérêts, les influences s'interposent, sans qu'on le veuille, sans qu'on le sache, entre nous et la vérité : on est d'un parti, et l'on en prend les opinions; on fait des sacrifices à ses amis ; on a une situation à conquérir, un avenir à ménager, ce qui rend timide, réservé : on hésite à dire tout haut son sentiment, on regarde autour de soi avant de se livrer franchement à ses impressions. Cette prudence, qu'enseigne la vie, et dont il est malheureusement bien difficile de se défendre, était plus commune que jamais et plus nécessaire dans les dernières années de l'empire. Au milieu d'une société engourdie, sous l'œil d'un pouvoir défiant, on avait pris l'habitude de penser peu et de parler moins encore. Au contraire on pensait et l'on parlait beaucoup à l'École normale : c'était un plaisir auquel on trouvait d'autant plus de charme qu'il était devenu plus rare. Les admirations y étaient vives, les antipathies violentes, et il arrivait presque toujours que ces antipathies et ces admirations étaient tout à fait opposées à celles du public. C'est ainsi qu'on affectait d'accorder peu d'estime à la littérature du temps et de traiter sans respect les réputations les mieux établies. De l'autre côté du Plessis, au Collége de

France, Delille était un grand homme, et tout Paris se pressait aux séances de rentrée, quand il daignait y lire quelques vers sur le café ou le jeu d'échecs. A l'École normale on se moquait de ces descriptions éternelles ; l'étude assidue des chefs-d'œuvre de l'antiquité, les excursions qu'on commençait à faire dans les littératures voisines, y donnaient de la poésie une plus haute idée. Et ce n'était pas pour la poésie et les lettres seulement qu'on se permettait de s'écarter de l'opinion commune : en philosophie, en religion, en politique, cette jeunesse était éprise de nouveautés, hardie dans ses jugements, ardente dans ses espérances. De tous les côtés, elle regardait au-dessus des horizons du XVIIIe siècle, cherchant à sortir des systèmes étroits et à se faire une critique plus large. Il restait sans doute beaucoup de vague dans ses aspirations, elle ne savait pas bien encore quelle route elle voulait prendre ; mais elle éprouvait le besoin de quitter les chemins battus, et elle était prête à suivre ceux qui se présenteraient pour lui servir de guides. On le vit bien lorsqu'en 1812, à la Faculté des lettres, installée alors dans les mêmes bâtiments que l'École normale, M. Royer-Collard et M. Guizot commencèrent obscurément ces cours qui devaient être si glorieux. Dès les premiers mots, ils furent compris ; ils trouvèrent autour d'eux tout un auditoire sympathique et préparé. L'École leur envoya pour élèves les Cousin, les Jouffroy, les Augustin Thierry, et de cet accord fécond des maîtres avec les disciples un mouvement prit naissance qui en quelques années renouvela la philosophie, la critique et l'histoire.

M. Patin, entré à l'École normale en 1811, prit part à

toute cette effervescence, et peut-être fut-il un de ceux qui en profitèrent le plus. Son goût ne le portait guère aux nouveautés ; il y a des gens qui naissent révolutionnaires, lui était naturellement conservateur. Mais ses idées se modifièrent à l'École : il ne put traverser cet ardent foyer sans recevoir aussi l'étincelle. Les leçons de M. Villemain firent sur lui une impression qu'il n'oublia jamais : soixante ans plus tard, il disait sur la tombe de son maître : « Il me semble encore assister à ces conférences où il nous étonnait, nous charmait, par l'étendue et la variété de ses souvenirs, la finesse et la sûreté de son goût, la vivacité élégante, les spirituelles saillies de sa parole ! » Il sortit de ces conférences convaincu qu'il fallait renoncer à l'ancien système de critique qui ne suffisait plus à la curiosité des esprits. « Il y a des époques, disait-il, où l'on doit refaire la carte de l'art, comme on refait, après un voyage de découvertes, un traité de géographie. » Il faut nous le figurer dans ces premières années, quand il ne s'était pas encore absorbé dans le monde ancien, prenant part aux discussions du jour, rayonnant volontiers sur tout le domaine des lettres, et quittant même quelquefois la France pour s'aventurer dans la littérature des pays voisins. Tout en composant des éloges pour les concours académiques, il collaborait à divers journaux, surtout au *Globe*, que rédigeaient avec tant d'éclat ses anciens amis de l'École normale. Il y rendait compte des belles leçons de M. Villemain, dont il dit « qu'elles méritaient de devenir un événement public » ; mais il ne dédaignait pas non plus d'y traiter des sujets plus légers. C'est ainsi qu'il s'occupe souvent des romanciers, et non-seulement de Walter-Scott, mais de

Zschokke, de Xavier de Maistre, de Mme de Souza. Il fait
ressortir les qualités de leurs ouvrages d'un ton qui indique qu'il les a lus avec une très-vive sympathie, ce qui ne
l'empêche pas d'en montrer aussi très-finement les défauts,
surtout cette manie qu'ont les auteurs modernes de trans-
former en rêveurs spéculatifs les personnages passionnés :
« Les héros de nos romans, dit-il, s'observent sans cesse,
ils semblent ne voir dans leurs affections qu'un sujet de
recherches morales et d'expériences psychologiques ; on
dirait que, s'ils aiment, s'ils haïssent, s'ils craignent, s'ils
désirent, s'ils sont heureux ou malheureux, c'est uniquo-
ment par curiosité philosophique. Je les comparerais volontiers à ce médecin courageux qui osa s'inoculer la peste,
afin de mieux l'étudier. » Il serait piquant de suivre le
grave professeur dans ces polémiques mondaines, et peut-
être éprouveriez-vous quelque surprise de l'y trouver si à
l'aise. Je crois pourtant qu'il a eu raison de n'y pas rester.
En continuant à disperser ainsi son esprit de tous les
côtés, il se serait conquis une réputation agréable et aurait passé pour l'un des meilleurs élèves de M. Villemain ;
mais il avait mieux à faire : dans ce vaste territoire de la
critique, il pouvait trouver une place qui fût à lui, et où il
serait un maître à son tour.

Il y fut naturellement amené par les circonstances. A
peine était-il sorti de l'École normale comme élève qu'il y
rentra comme professeur : on le chargea, en 1815, d'y enseigner les littératures anciennes. Parmi les sujets que ses
fonctions l'amenaient à traiter, il en est un qui, par son
importance et son obscurité, le frappa d'abord plus que
les autres : c'était l'histoire de la tragédie grecque. Il

souhaita la connaître à fond, et il prit son temps pour l'étudier. De 1815 à 1822, elle fut l'objet principal de ses leçons à l'École normale; il en tira, en 1824, un cours pour la Société des bonnes-lettres, et quelques fragments en faveur insérés dans le *Globe;* dès 1832, il eut l'occasion d'y revenir souvent dans son enseignement de la Faculté des lettres, à propos du théâtre latin; cependant les *Études sur les tragiques grecs* ne furent publiées, sous leur forme définitive, qu'en 1841, c'est-à-dire après vingt-six ans de travail. On s'explique aisément tous ces retards quand on songe que l'intérêt passionné que M. Patin prenait à cette histoire avait fait naître en lui une insatiable curiosité. Le sujet lui semblait s'agrandir sans cesse à mesure qu'il le regardait de plus près et qu'il s'en occupait davantage. Après avoir étudié avec tout le soin dont il était capable les pièces d'Eschyle, de Sophocle, d'Euripide que nous avons conservées, consulté, pour les mieux comprendre, les commentateurs, les scoliastes et tout ce qui reste de la grande critique d'Alexandrie, il voulut connaître aussi les imitations qu'on en a faites dans d'autres pays. Il suivit les diverses étapes de ce grand voyage qui a promené la tragédie grecque dans le monde entier, en observant comment elle change dès qu'elle sort de chez elle et les sacrifices de toute nature qu'il lui faut subir pour s'accommoder au caractère des peuples où elle s'introduit. Il lui semblait que, lorsqu'on sait bien ce qui n'a pas pu en être transporté ailleurs, on distingue mieux ce qui lui est propre, et que ces imitations incomplètes font éclater son véritable génie. C'était, vous le voyez, des études infinies qu'il entreprenait à travers toutes les littératures de l'Europe; ajoutez qu'il tenait à se rendre compte de tout par lui-même et qu'il ne voulait rien savoir à demi. Aussi arrivait-il difficilement à se satisfaire. Aucune question ne lui semblait indifférente, les moindres détails l'entraînaient à des recherches interminables sans que sa patience en fût jamais fatiguée, et il ne consentit à donner son livre au public que lorsqu'il fut bien sûr que la matière était épuisée et qu'il ne lui restait plus rien à apprendre. C'est ainsi que lui vint le goût de l'érudition, et que du lettré sortit peu à peu les avant. M. Patin ne pensait pas, comme tant d'autres, que la littérature et la science s'embarrassent mutuellement et qu'il convient de les séparer ; il croyait, au contraire, qu'en s'unissant ensemble elles peuvent se rendre beaucoup de services. Le vif sentiment des beautés littéraires, un goût juste, éveillé, délicat, empêchent un érudit de dire beaucoup de sottises, et, de son côté, un littérateur se trouve bien d'avoir des informations exactes et de connaître à fond les choses dont il veut parler. M. Patin fut donc à la fois, et dans des proportions heureuses, un savant très-solide et un lettré plein de goût ; c'est ce mélange qui aida le plus au succès de ses *Études sur les tragiques grecs* et qui les fera vivre.

Je crains, Messieurs, qu'il ne nous soit pas très-facile aujourd'hui de rendre au livre de M. Patin toute la justice qu'il mérite et de l'apprécier comme il convient. Il est dans la nature des ouvrages de ce genre que leur succès même leur est nuisible. D'ordinaire les idées justes et vraies qu'ils renferment n'y restent pas et font vite leur chemin dans le public ; une fois qu'elles s'y sont répandues, il est difficile de les aller chercher pour les restituer à leur auteur véritable. Le public ressemble à ces gens du monde qui adoptent avec tant d'empressement les mots heureux qu'ils entendent dire, et qui, après les avoir quelquefois répétés, finissent par se convaincre qu'ils les ont inventés eux-mêmes. Il prend dans les livres qu'il lit tout ce qui lui plaît, et plus ce qu'il y trouve est naturel et sensé, plus il s'en empare et se l'assimile aisément. Comme il ne lui semble pas qu'il ait jamais eu besoin de l'apprendre, il se persuade qu'il l'a toujours su, et lorsqu'au bout de quelque temps, il relit le livre qui le lui a fourni, il n'est pas éloigné de croire que c'est lui qui a donné à l'auteur ce qu'en réalité il en a reçu. Les *Etudes sur les tragiques grecs* sont un de ces livres dont le meilleur s'est échappé pour former l'opinion générale et la science commune. Les idées que M. Patin y développe pourront ne plus sembler nouvelles aujourd'hui, mais nous avons un moyen de nous convaincre qu'elles l'étaient quand il les exposa, pour la première fois, devant son jeune auditoire de l'École normale. Rappelons-nous la façon dont les critiques les plus sérieux du dernier siècle jugeaient cette vieille tragédie, et de quel ton on en parlait alors dans le monde. Depuis l'époque où Racine faisait pleurer ses amis en leur traduisant l'*Œdipe* de Sophocle sur un exemplaire grec, on ne lisait plus les tragiques dans l'original. Le père Brumoy en avait donné une traduction dans cette prose rêvée par M. Jourdain, qui n'est ni prose ni vers ; c'est là qu'on les allait chercher, et il n'est pas surprenant qu'on y prît d'eux une opinion défavorable. On en pouvait bien faire l'éloge par convenance, et à cause de leur grand âge ; en réalité, on les connaissait peu, on les comprenait mal, on ne les estimait guère. Vol-

taire, qui voyait un jour le public rester froid à l'une de
ses pièces, s'écriait de sa loge aux spectateurs indécis :
« Applaudissez, Athéniens, c'est du Sophocle ! » Mais le
succès une fois assuré il avait soin de se faire écrire par
quelque compère, ou il laissait entendre dans une préface
qu'il était beaucoup trop modeste, que c'était bien mieux
que Sophocle, que ces vieux écrivains qu'on admire par
tradition auraient beaucoup gagné à vivre quelques siècles
plus tard et à recevoir des leçons de leurs successeurs,
que la plupart de leurs pièces ne seraient plus souffertes
à la foire ; et les Athéniens de Paris, qu'il appelait aussi
quelquefois des badauds quand il n'avait besoin de les
flatter, le croyaient sur parole. Ce jugement est au fond
celui de La Harpe, qui l'a exprimé sans trop de ménage-
ment dans son *Lycée* ; n'oublions pas que cet ouvrage était
dans sa vogue et sa fraîcheur, qu'il formait le goût public,
quand M. Patin commença d'enseigner à l'École normale
l'histoire de la tragédie grecque. Ce rapprochement suffit,
je crois, à montrer ce qu'il y avait dans sa critique de har-
diesse et de nouveauté.

La Harpe et les critiques du XVIII⁰ siècle avaient le
défaut d'être trop remplis d'eux-mêmes, de prétendre tout
juger avec les idées de leur temps et de ne pouvoir comprendre ce qui diffère d'eux. « Quand, par aventure, dit
M. Patin, ils entreprenaient quelque excursion dans l'antiquité ou chez d'autres nations, c'était à la manière de ces
voyageurs qui ne sortent de leur pays que pour le retrouver partout, qui se cherchent avec curiosité chez les étrangers et se trouvent au retour aussi avancés qu'avant d'être
partis. » Quant à lui, il était très-décidé à ne pas commet-

tre la même faute, il ne voulait pas imiter ceux auxquels il reproche « d'envisager les œuvres antiques d'une manière tout abstraite, comme si elles ne tenaient à rien, qu'elles fussent tombées du ciel, qu'elles n'eussent ni date ni patrie. » Il les ramenait à leur temps, il les expliquait par leur pays, et, de cette manière, il se croyait certain d'arriver à les mieux comprendre. Cette critique nouvelle, dont il se promet de si heureux résultats, cette méthode historique qu'il oppose avec quelque fierté à l'enseignement dogmatique de ses prédécesseurs, il ne prétend certes pas l'avoir inventée, au contraire, il ne manque pas une occasion d'en renvoyer la gloire à M. Villemain. Mais, le premier, il l'a franchement appliquée aux littératures anciennes. Ce fut, dès 1815, le caractère et la nouveauté de son enseignement ; c'est encore aujourd'hui un des principaux mérites de ses livres. Ces chefs-d'œuvre de l'antiquité, qui semblaient flotter entre le ciel et la terre, et dont on aimait à dire qu'ils appartiennent à tous les temps, M. Patin fait voir qu'on ne peut les comprendre que si l'on connait le pays et l'époque où ils furent écrits. Est-il possible, par exemple, si l'on ignore comment est né le théâtre grec, qu'on puisse se faire quelque idée du génie d'Eschyle? Ce système dramatique si contraire au nôtre devait déconcerter une critique ignorante du passé, enfermée dans le présent, et l'on conçoit que Fontenelle ait prétendu que l'auteur du *Prométhée* ne pouvait être « qu'une manière de fou ». Mais, quand on consent à quitter Paris et à perdre de vue le théâtre français, quand on se reporte aux origines de la tragédie grecque, qu'on la voit naître dans les fêtes de Bacchus et sortir des chants dithyrambiques, alors le drame d'Eschyle s'explique. Ces prétendus défauts que croyaient y voir des esprits prévenus, accoutumés à un art différent, disparaissent ; on est mieux disposé à en sentir les divines beautés ; on est frappé comme il convient de la grandeur de l'action, de l'énergie des sentiments, de la majesté du spectacle, des proportions héroïques et de la fière attitude des personnages qui, menacés par un pouvoir supérieur et fatal, succombent sans faiblesse et ennoblissent par leur dignité leur chute inévitable, « semblables, dit M. Patin, à ces gladiateurs de Rome qu'une sentence, fatale aussi, condamnait à périr sous le couteau d'un vainqueur, et qui, par la grâce de leur maintien, arrachaient, en tombant sur l'arène, les applaudissements des spectateurs féroces dont ils n'avaient pu émouvoir la pitié. » Ce que je viens de dire d'Eschyle je pourrais le répéter d'Euripide. Ses pièces sont loin d'être irréprochables, et les fautes qu'on y remarque doivent choquer un homme de sens. M. Patin les signale et les déplore ; mais, au lieu de lancer sur elles des anathèmes et de s'indigner au nom du bon goût, ce qui ne mène à rien, il en cherche les causes qu'il importe beaucoup de découvrir ; il les trouve dans le caractère du poëte, dans les mœurs de son temps, dans les exigences des spectateurs avides de nouveautés et fatigués de chefs-d'œuvre. Ces défauts, qui le choquent, ne le surprennent pas ; ils lui semblent l'effet ordinaire des années et la suite naturelle des changements du goût public. « Ainsi vont les arts, dit-il, et l'esprit humain qui les produit. On commence par des compositions simples, et l'on arrive par un progrès inévitable à la recherche de l'effet, à la réalité de l'imitation : cela est naturel, cela est nécessaire. » Ces réflexions ne me paraissent pas seulement très-justes, elles sont aussi fort utiles. Il me semble que l'esprit qui s'en pénètre garde mieux la liberté et la sûreté de ses jugements. Quand il n'est plus obsédé par des défauts dont il sait la raison, les qualités le frappent davantage. Rien ne l'empêche plus alors de goûter les beautés d'Euripide, cette fécondité de ressources, cette variété d'intrigues, ces peintures animées de la vie commune, cette connaissance du cœur, ce profond sentiment des misères de l'humanité, et, par-dessus tout, ces maximes généreuses, ces grandes idées sur la religion, sur le droit, sur la justice, qui lui venaient des écoles philosophiques, et révèlent le progrès de la raison au milieu de la décadence des arts. Voilà ce que M. Patin a mieux compris que ses devanciers, ce qu'il a mis en pleine lumière ! L'ancienne critique, à force d'être timide et sévère, de se cantonner obstinément dans certaines époques et certaines œuvres privilégiées, avait fini par réduire la littérature à quelques sommets. La nouvelle, en nous donnant la pleine intelligence du passé, en nous apprenant à sortir de nous-mêmes, en nous rendant sensibles aux qualités qui nous sont étrangères, multiplie pour nous le nombre des grands écrivains, étend le champ de nos études et nous permet de goûter plus souvent une des jouissances les plus vives et les plus saines que puisse se donner notre esprit, le noble plaisir d'admirer.

Quand M. Patin publia son ouvrage sur les tragiques grecs, il y avait déjà plusieurs années qu'il était engagé dans d'autres études. Rome l'avait enlevé à la Grèce, et depuis lors elle le garda. Nommé en 1832 professeur de poésie latine à la Faculté des lettres, il a fait ce cours sans interruption pendant trente-trois ans, et de ce long enseignement il est resté, avec les traductions de Lucrèce et d'Horace, les *Études sur les poëtes latins.*

Dans cette chaire, comme dans toutes celles qu'il a occupées, M. Patin, à sa manière et avec sa discrétion habituelle, fut une sorte de novateur. Quand il entreprit d'enseigner l'histoire littéraire de Rome, il pensa qu'il devait commencer par le commencement. C'est une idée qui paraît d'abord très-simple, et pourtant on ne s'en était pas encore avisé à la Sorbonne. Son prédécesseur, un excellent latiniste, mais très-fidèle aux traditions, ne sortait guère d'Horace et de Virgile, et, dans Virgile même, il faisait son choix, il avait ses endroits préférés sur lesquels il revenait sans cesse : on raconte qu'il pleurait Didon presque tous les ans. M. Patin remonta courageusement aux origines mêmes de la littérature latine; il se donna le spectacle de ces deux siècles d'efforts où des grammairiens et des poëtes, la plupart Grecs ou barbares de naissance, mais devenus Romains de cœur, essayaient de polir cette langue rude, de l'assouplir aux lois du mètre, d'arrêter sa décadence précoce, de la rendre capable de traduire les œuvres de Sophocle ou d'Homère, et travaillaient enfin à donner une littérature à ce peuple de laboureurs et de soldats. La plupart des ouvrages qu'ils avaient écrits sont perdus, mais M. Patin qui suivait volontiers les traces des savants du XVIᵉ siècle, ne recula pas devant le pénible labeur de reconstruire des œuvres entières avec quelques fragments qui en restent. Dans ces essais de restauration, qui ressemblent à ceux qu'entreprennent les architectes sur les monuments en ruines, il lui arriva de faire quelquefois des découvertes

qui le surprirent. Il raconte qu'il avait commencé par répéter avec tout le monde que les Romains n'avaient pas eu
de théâtre tragique. C'était au dernier siècle une opinion
acceptée de tous les critiques, de Lessing comme de La
Harpe, que l'art de Sophocle et d'Euripide ne s'était jamais
acclimaté chez eux. On les plaignait de n'en avoir pas compris la beauté, et même un érudit allemand écrivit une
dissertation très-savante sur les causes qui les avaient em-
pêchés d'y être sensibles; il en trouva beaucoup et de fort
plausibles en vérité. Malheureusement il n'était pas vrai
que les Romains eussent jamais négligé la tragédie, et ils
s'étaient montrés au contraire fort empressés pour elle.
M. Patin ne tarda pas à le reconnaître; il lui fut aisé de
réunir, dans ses recherches, les débris de pièces fort inté-
ressantes, et qui avaient obtenu de très-grands succès sur
le théâtre de Rome. Il constata que les Romains prenaient
beaucoup de plaisir à les entendre ou à les lire, qu'ils n'en
parlaient qu'avec orgueil, et qu'ils osaient même les mettre
à côté des grands ouvrages de la Grèce qui leur avaient
servi de modèles. C'était sans nul doute aller trop loin, et
M. Patin ne retrouvait pas toujours dans ces imitations
imparfaites les qualités qui lui plaisaient tant chez ses chers
tragiques grecs; mais les défauts qu'il remarquait chez ces
vieux poëtes, dont il recueillait pieusement les débris, ne
l'empêchaient pas de leur rendre justice. Il osait n'être pas de
l'avis d'Horace qui les condamne sans miséricorde. Il trouvait
chez eux, malgré leur rudesse et leur inexpérience, une
fraîcheur d'inspiration, une énergie de sentiments, une
simplicité, une franchise, une vérité qui le charmaient. Ces
deux premiers siècles des lettres romaines avaient semblé

jusque-là une sorte de désert dans lequel on craignait de s'aventurer et d'où l'on sortait au plus vite ; M. Patin, au contraire, s'y engagea résolûment et il mit cinq ans entiers à le traverser. Ce n'est que la sixième année de son enseignement qu'il atteignit enfin l'époque d'Auguste.

N'allez pas croire, Messieurs, qu'il n'y arrivât qu'à regret. Je le féliciterais moins d'avoir tiré de l'oubli Ennius, Lucilius, Attius, de leur avoir donné chez nous, dans l'enseignement de la littérature latine, la place qui leur est due et qu'ils ont gardée, si l'affection qu'il ressentait pour eux l'avait rendu injuste à tout le reste. Mais il n'y a que les esprits étroits qui soient exclusifs : l'admiration est un de ces sentiments de l'âme humaine qui se divise sans s'affaiblir. Celle qu'éprouvait M. Patin pour toute cette jeunesse des lettres romaines ne nuisait pas dans son estime aux écrivains de l'époque classique. Il les aimait au contraire avec passion, mais il les aimait à sa manière, qui n'est pas celle de tout le monde : il croyait que la véritable façon de les honorer ne consiste pas à les accabler d'éloges, mais à chercher à les bien connaître, et il ne pensait pas qu'on les connût, si on les étudie seuls, si on les isole des écrivains qui les ont précédés et préparés. C'est donc pour eux et dans leur intérêt qu'il tarde quelque temps à les aborder ; il veut être sûr de les mieux comprendre, et connaître d'avance tous les éléments qui sont entrés dans la formation de leur génie ; mais, une fois ces études préliminaires achevées, qu'il est heureux de leur revenir ! Quel plaisir pour lui d'analyser, de traduire, d'expliquer leurs ouvrages, de les comparer à ces chefs-d'œuvre de la Grèce qu'ils imitaient, et, suivant sa méthode ordinaire, de montrer ce qu'il ont eux-mêmes fourni aux littératures modernes! Tous les écrivains de cette époque glorieuse lui étaient chers, aussi bien ceux qui, venus les premiers, et gardant encore quelques traces de l'âge précédent, font pressentir déjà l'approche de la perfection, comme l'aurore annonce le jour, que ceux qui sont placés dans la pleine lumière et l'éclat rayonnant du grand siècle. Il les connaissait tous à fond, et il n'est aucun d'eux dont il ne se soit occupé à son tour. Qui a mieux parlé que lui de Catulle, de Lucrèce, de Virgile! — Il y en avait un pourtant qui, dès le début, l'attira plus que les autres, vers lequel son enseignement le ramenait sans cesse, et qui finit par prendre son cœur tout entier. Ce poëte préféré entre tant de poëtes chéris, ce confident de toutes les pensées, cet ami de toutes les heures, auquel M. Patin consacra sans regret la plus grande partie de son temps et le meilleur de son esprit, c'était Horace.

Connaissez-vous, Messieurs, une destinée plus incroyablement heureuse que celle de ce « petit homme », comme l'appelait familièrement Auguste, qui, non content de s'être fait tant d'amis sincères, dévoués, pendant sa vie, trouve moyen d'en avoir encore plus après sa mort? D'où peut lui venir cet attrait souverain qu'il exerce sur tant de personnes? Comment s'expliquer qu'il soit plus ardemment aimé que tant d'autres qu'on admire davantage, qu'il jouisse de ce privilége étrange de n'être pas seulement un auteur favori qu'on aime à relire, mais une sorte de conseiller qu'on interroge, qu'on écoute, qu'on est heureux d'introduire jusque dans sa vie la plus intime? On comprend qu'il soit aisé de captiver les esprits et de s'attacher les cœurs quand on est un héros et qu'on frappe les imaginations par

des actions d'éclat, ou tout au moins quand on exprime
des idées généreuses, qu'on parle aux hommes de gloire,
d'honneur, de dévouement : les personnes même les moins
romanesques éprouvent comme un besoin de s'élever de
temps en temps au-dessus des soucis vulgaires de la vie,
qui leur fait aimer les beaux spectacles qu'on leur offre et
applaudir aux grands sentiments qu'on étale devant eux.
Mais exciter tant d'enthousiasme, s'attirer tant d'affection,
quand on n'est qu'un homme de la foule, sans vices écla-
tants ni vertus extraordinaires, et qu'on se plaît à le dire,
quand on pratique pour soi et qu'on prêche aux autres une
morale plus utile que relevée, qu'on présente comme elle
est, sans essayer de la farder ou de la grandir, quand on
a horreur des belles phrases et qu'on ne croit pas beaucoup
aux grands sentiments, voilà la merveille ! Et l'étonnement
augmente encore lorsqu'on songe que ces ardents amis
qu'Horace a su se faire dans tous les siècles ne sont ni de
ces sots qui suivent sans réfléchir l'opinion commune, ni
de ces enthousiastes qui se laissent en un moment sur-
prendre leur admiration, mais des personnages avisés, dif-
ficiles, des lettrés, des sages qu'on ne contente pas aisément, l'élite des gens du monde et la fleur des gens
d'esprit.

M. Patin était de ce nombre. Peu de personnes ont subi
autant que lui le charme d'Horace. Ce n'était pas assez de
le lire, de le relire, de le savoir par cœur, il avait voulu
connaître tout ce qu'on a écrit sur lui de dissertations sa-
vantes et de notices littéraires en France et à l'étranger. Les
amis d'Horace étaient aussitôt devenus les siens ; quant à ses
ennemis, — car l'aimable poëte n'en a jamais manqué, et c'est

ce qui achève son succès, — M. Patin ne s'était pas refusé le plaisir de les combattre. Dans quelques pages agréables, les plus vives peut-être et les plus aisées qu'il ait écrites, il a répondu aux accusations dont son cher poëte est l'objet. Ce qui est assez curieux, c'est qu'avant de réfuter ses adversaires, M. Patin est obligé de le défendre contre lui-même. Horace a tant d'horreur des gens qui parlent d'eux avantageusement, il craint tellement d'avoir l'air de s'en faire accroire qu'il dit volontiers du mal de lui et se traite plus sévèrement qu'il ne le mérite. M. Patin refuse de le croire sur parole ; il ne lui semble pas possible, par exemple, que si Horace eût jeté son bouclier à la bataille de Philippes, pour se sauver plus vite, il se fût chargé de nous l'apprendre. Il en est de même des légèretés de sa conduite ; s'il paraît difficile de nier tout ce qu'il nous en rapporte si volontiers, on peut au moins admettre qu'il y a dans ces confessions un peu de ces exagérations complaisantes dont on ne se défend pas toujours quand on fait l'aveu de certains péchés. Notre vieux poëte Lamothe raconte, avec quelque confusion, qu'il a bien été forcé, pour écrire des pièces amoureuses, à la façon des lyriques grecs, de se pourvoir d'une maîtresse imaginaire ; « car, sans maîtresse, dit-il, le moyen d'imiter Anacréon ! » M. Patin soupçonne qu'il se trouve aussi, dans certains récits compromettants d'Horace, un peu plus d'imitation que de vérité. N'est-il pas très-vraisemblable qu'il traduit Anacréon ou quelque autre, bien plutôt qu'il ne rapporte quelque incident de sa vie, quand il se représente courant les rues de Rome, pendant les plus froides nuits de l'hiver, en chantant des chansons d'amour ? Il aimait trop ses aises, nous dit

M. Patin, qui le connaît bien, pour braver ainsi la bise et
la neige sous les fenêtres de l'insensible Lydé. Mais c'est
surtout la conduite politique d'Horace que M. Patin tient
à défendre des reproches qu'on ne lui a pas ménagés. Il ne
veut pas qu'on l'appelle, comme on le fait trop souvent,
un lâche, un traître, un vil flatteur, un adroit esclave.
« Ce sont là, dit-il, de grands mots et bien durs, mais aussi
bien vides. » Pour expliquer qu'il ait changé d'opinion et
passé de l'intimité de Brutus à celle d'Auguste, les bonnes
raisons ne lui manquent pas. Il lui semble qu'avant même
que le sort des combats eût décidé, et quand l'armée de
Brutus pouvait encore espérer le succès, les convictions
républicaines d'Horace ont dû éprouver déjà plus d'une
atteinte. Plus d'une fois sans doute, dans ce camp d'aris-
tocrates, où on lui reprochait si durement sa naissance, ce
fils d'esclave a senti qu'il n'était pas à sa place. Les excès
et les exagérations de tout genre, les illégalités, les injus-
tices, dont ne se préservent pas toujours les partis les plus
honnêtes dans l'ardeur du combat, ont dû souvent irriter
cet esprit sage, naturellement modéré, et il a ressenti dès
lors cette haine généreuse des guerres civiles qui lui a plus
tard inspiré de si beaux vers. Est-il surprenant, s'il avait
ces sentiments avant le combat, qu'après la défaite, quand
tous les chefs furent morts ou soumis, que l'univers entier, fatigué de discordes, eut accepté un maître comme un
libérateur, Horace ait fait comme tout le monde ? M. Patin
demande s'il faut être plus sévère pour lui que pour les autres, si l'on doit lui faire un crime d'avoir cru « qu'il pouvait, sans se contredire, après des délais convenables et
des réflexions suffisantes, céder au cours des choses, ac-

cepter ce qui était inévitable et y chercher sa place. » Il a surtout grand soin d'établir, par des recherches minutieuses, que le poëte ne s'est pas livré de suite, qu'il a bien mis, de compte fait, quatre ou cinq ans pour accomplir cette conversion, et il insinue, non sans malice, qu'on y met moins de façons aujourd'hui et que les choses se font plus vite.

C'était surtout dans ses cours de la Sorbonne, où il se sentait plus libre, que M. Patin se donnait tout entier à Horace. Il l'avait tant lu, il le connaissait si bien, qu'il ne pouvait s'empêcher d'entrer dans des détails infinis dès qu'il parlait de lui. Il savait heure par heure l'emploi de ses journées ; il le suivait dans ses promenades du Forum ou du Champ de Mars, pendant qu'il regardait les joueurs de balle et qu'il écoutait les charlatans ; il assistait à ses repas du soir, dont il vous aurait dit le menu ; il allait quelquefois avec lui chez Mécène, dans son palais des Esquilies, ou, plus rarement, chez Auguste, au Palatin, et il était fier de voir que ce n'était pas toujours le poëte qui flattait le prince, mais que le prince avait l'air souvent d'être le complaisant du poëte ; il l'accompagnait plus volontiers dans cette charmante maison de la Sabine, qui est devenue le rêve de tous les gens de lettres, et ils jouissaient ensemble de ce petit coin de jardin, avec la source d'eau vive qui l'arrose et les quelques arbres qui l'ombragent ; il connaissait ses amis, ses serviteurs ; il savait le nom des livres qui composaient sa bibliothèque ; il racontait les moindres incidents de sa vie d'une façon si précise, si animée, qu'il les mettait sous les yeux de ses auditeurs. Surtout il aimait à relire avec eux, à expliquer, à commenter ses ouvrages. Il en avait tant de fois cité des fragments isolés dans ses leçons qu'à la fin il se trouva l'avoir traduit tout entier sans s'en douter ; ce n'est qu'assez tard qu'il s'avisa d'aller y chercher cette traduction qu'il avait faite involontairement pour la donner au public. Il faisait plus : à force d'étudier les œuvres d'Horace, on dirait qu'il s'en était appliqué l'esprit. Ce qu'il y a de meilleur, de plus élevé dans cette morale, semblait être passé dans sa vie. Toutes ces vertus aimables que le poëte recommande à ses amis, tous ces conseils sensés qu'il leur donne : se contenter de son sort, n'avoir que des goûts modérés, borner ses désirs pour éviter les mécomptes, se trouver bien où l'on est, s'accommoder des personnes qu'on fréquente, tourner les choses du meilleur côté, prendre les gens comme ils sont et le temps comme il vient, M. Patin les pratiquait naturellement. Horace n'avait pas seulement en lui un traducteur élégant et un commentateur perspicace ; je suis sûr qu'il l'aurait avoué pour l'un de ses plus sages disciples.

Je viens de rappeler le souvenir des cours de M. Patin ; c'est assurément, Messieurs, ce qui a tenu la plus grande place, et la meilleure, dans sa vie. Ses livres ne me semblent donner de lui qu'une idée imparfaite. C'était avant tout un professeur ; il ne fut écrivain que par occasion et presque malgré lui. Quand on a connu la douceur de ces relations journalières avec un auditoire studieux sur lequel on suit l'effet de sa parole, on a moins d'empressement à s'adresser à ce grand public de désœuvrés et d'inconnus. M. Patin possédait à un haut degré les deux qualités qui font les professeurs accomplis, le goût de la jeunesse et l'amour des choses qu'il enseignait. Tous les jeunes gens

qui travaillaient étaient sûrs d'être bien accueillis de lui.
Il n'était pas de ceux qui défendent les abords de la science
dont ils s'occupent, qui la regardent comme un domaine
fermé et n'y laissent pénétrer personne. Au contraire, il se
plaisait à y introduire lui-même ceux qui le souhaitaient ;
il ne leur refusait pas ses conseils, il était heureux de si-
gnaler au public leurs premiers travaux. Comme il n'eut
pas seulement la chance favorable d'éviter les infirmités du
corps, et qu'il échappa aussi à ces infirmités de l'âme
qu'amène trop souvent un grand âge, les années n'enle-
vèrent rien à sa bienveillance, et jamais on ne vit de vieillesse moins morose et plus affable que la sienne. Les anciens avaient déjà remarqué que c'est comme un privilége
de ceux qui enseignent de se conserver plus longtemps
jeunes d'esprit et de cœur. On dirait qu'il se fait entre le
maître et l'élève une sorte d'échange dont ils profitent tous
deux, le maître donnant un peu de son expérience à l'élève,
et l'élève communiquant en retour un peu de sa jeunesse à
son maître. Jusqu'à la fin, M. Patin garda les plus précieuses
qualités des jeunes années, surtout cette vivacité d'impressions, cette chaleur d'âme qui rendent sensible aux beaux
ouvrages. Personne peut-être n'a été de nos jours un ad-
mirateur plus passionné des grands écrivains classiques ; il
s'efforçait sans cesse d'augmenter le nombre de leurs amis,
non pas en débitant sur eux de belles phrases, mais en tra-
vaillant à les faire mieux connaître. Cicéron a dit des mer-
veilles de la nature qu'à force d'être regardées tous les
jours les yeux s'y accoutument et qu'on cesse de les admirer. M. Patin appliquait cette parole à ces poëtes anciens
qu'on nous met entre les mains dès l'enfance et dont nous

avons usé tant d'exemplaires. « Nous les savons trop par
cœur, disait-il ; plus nous en répétons la lettre, plus il arrive que l'esprit nous en échappe. » Il avait l'art de les rendre nouveaux par ses remarques justes et fines. Que de fois
n'a-t-il pas fait découvrir Horace et Virgile à des gens qui
ne les lisaient plus parce qu'ils croyaient les trop bien connaître ! Même quand il se bornait à en expliquer les plus
beaux endroits, il savait donner un intérêt particulier à ses
explications. Il avait tant lu et tant retenu, ses connais-
sances étaient si vastes et sa mémoire si sûre, qu'il lui était
toujours facile d'animer les exercices les plus arides par
des souvenirs et des comparaisons. Il voyageait sans embarras d'un pays à l'autre, et à travers les littératures de
tous les temps. Une citation heureuse faisait comprendre
un passage obscur, une anecdote piquante réveillait
l'attention fatiguée. Sans doute, au milieu de ces dé-
tours l'explication ne marchait pas toujours bien vite, mais
ni le professeur ni les élèves n'étaient pressés. M. Patin
faisait volontiers, dans son enseignement, comme La Fon-
taine, quand il allait à l'Académie, il prenait le plus long,
convaincu qu'on n'arrive jamais trop tard quand on apprend quelque chose en route. Les élèves se gardaient bien
de s'en plaindre, et ils suivaient avec plaisir tous les caprices de cette conversation aimable qui les instruisait sans
les ennuyer. On se sentait attiré vers lui, dès qu'on l'écoutait, par l'agrément de ses manières et la simplicité de sa
parole, par cette science modeste qui aimait à s'effacer,
qui rendait justice à tout le monde et n'oubliait qu'elle.
Rien ne lui était plus étranger que ce contentement perpétuel de soi-même et cette suffisance impertinente qui

accompagnent quelquefois et gâtent toujours le savoir.
On a dit longtemps que c'étaient des défauts français : l'expérience a prouvé que nous n'en avons pas le monopole,
qu'ils sont d'ordinaire la suite d'une trop heureuse fortune, et qu'il n'est pas aisé aux peuples qu'enivre le succès de les éviter. Mais il y en a d'autres qu'on nous reproche plus justement, auxquels, il faut l'avouer, nous sommes
beaucoup trop enclins, et que nous avons payés bien cher :
je veux parler de cette légèreté qui nous fait décider des
choses sans les connaître et se console d'une ignorance par
une plaisanterie, de cette manie de croire aux phrases, de
remplacer les faits par des mots, de prendre des méta-
phores pour des raisons et des images pour des idées. Ces
défauts étaient antipathiques à M. Patin, et son enseignement était fait pour en corriger. Quand on le voyait si soi-
gneux de ne rien avancer dont il ne fût certain, si minu-
tieux dans ses recherches, si exact dans ses citations, si
ennemi de la vaine rhétorique et des généralités douteuses,
on prenait le goût des informations sûres et des connais-
sances précises.

Il enseignait donc par ses exemples aussi bien que par
ses leçons ; et j'ajoute que sa vie tout entière et la bril-
lante fortune qui l'a couronnée étaient un des enseignements
les plus profitables qu'on pût offrir à la jeunesse. Un philosophe ancien a dit qu'il n'y a pas de spectacle plus beau
que celui d'un honnête homme aux prises avec l'adversité
et lui tenant tête. Je le veux bien ; mais avouons qu'il est
utile aussi et encourageant de le voir quelquefois obtenir
les récompenses dont il est digne et jouir du bonheur qu'il
a mérité. M. Patin a été parfaitement heureux dans toute

sa vie ; il l'a été non-seulement par la modération de ses
désirs, l'égalité de son humeur, et toutes ces qualités intérieures qui, dans une certaine mesure, dépendent de nous,
mais aussi par les circonstances du dehors dont nous ne
sommes pas les maîtres. Les honneurs lui sont venus naturellement, et presque sans qu'il ait eu la peine de les sou-
haiter. Doyen de la Faculté des lettres de Paris, secrétaire
perpétuel de l'Académie française, il était parvenu aussi
haut qu'un professeur et qu'un homme de lettres puissent
arriver ; il n'avait eu, pour ainsi dire, qu'à se laisser vieillir
pour être honoré des premières dignités de l'instruction
publique ; et à chaque fois qu'il obtenait quelque distinc-
tion nouvelle, c'était une satisfaction générale de voir les
récompenses de toute nature aller comme d'elles-mêmes à
un homme de bien qui les méritait et ne les demandait pas.
Nous sommes trop disposés, Messieurs, à laisser les désa-
busés nous dire sur tous les tons qu'on est dupe d'être modeste, qu'il ne sert de rien de vivre honnêtement, que c'est
la faveur et l'intrigue qui donnent toujours le succès.
L'exemple de M. Patin parvenu à une si grande situation,
uniquement parce qu'il en était digne, répond à beaucoup
de ces déclamations. Il était pour nous comme une leçon
vivante de morale ; sa vieillesse entourée de considération.
chargée d'honneurs, enseignait aux jeunes gens qui dé-
butent dans la vie que pour se pousser dans le monde il
n'est pas nécessaire d'être malhonnête, et que même il
n'est pas toujours indispensable d'être habile, qu'on peut
arriver plus haut en suivant franchement la ligne droite
qu'en se glissant par les chemins tortueux, et qu'enfin
notre société n'est pas si mal faite, que le travail et la pro-

bité n'y soient quelquefois d'aussi bons moyens de réussir que l'intrigue.

M. Patin éprouvait une tendresse de cœur qui ne vous surprendra pas pour la mémoire du bon Rollin, et il a consacré l'un de ses meilleurs écrits à raconter sa vie. A ce propos, il est amené à nous rappeler le souvenir de cette vieille Université de Paris qu'il n'avait pas vue lui-même, mais dont il avait connu et aimé dans sa jeunesse les derniers survivants. Il prend plaisir à nous décrire ce « pays latin » séparé du reste du monde, qui avait sa vie propre, ses passions particulières, sa littérature à lui toute écrite en latin et composée de grandes harangues ou de petits vers qui ne sortaient pas du quartier, mais qu'on dévorait dans les colléges. Il est heureux de nous dépeindre ces professeurs au maintien grave, aux habitudes régulières et pieuses, étrangers aux intérêts et aux distractions de la société, qui n'avaient de patrie que leur collége, de famille que leur classe, dont l'existence se composait uniformément des petits accidents de la vie scolaire et du spectacle assidu de l'antiquité. Il ajoute ensuite, non sans quelque regret : « Nous ne reverrons plus de maîtres, je ne dis pas égaux, mais semblables à ceux de l'Université de Paris au temps où elle produisit Rollin. » Nous n'en reverrons plus, Messieurs, je le crains bien. Il est naturel que chaque siècle ait sa méthode particulière d'enseigner, et que, préparant ses enfants pour lui-même, il les élève à sa façon, selon ses besoins et ses idées. Nos professeurs sont plus mêlés au monde et vivent davantage de la vie de tous : ils ne s'enferment pas dans un pays spécial, ils parlent la langue de leur patrie, ils prennent l'esprit de leur temps.

Quoiqu'ils n'aient rien perdu de l'affection que ressentaient leurs prédécesseurs pour l'antiquité, source des bonnes études, ils ne croient pas devoir lui être aussi étroitement asservis ; ils l'interprètent et l'imitent avec indépendance ; ils conservent, autant qu'ils le peuvent, les traditions du passé, mais ils ne sont point ennemis des nouveautés nécessaires, et c'est ainsi que, par leurs exemples et leurs leçons, ils essayent de donner aux jeunes générations qu'ils élèvent deux qualités qui s'accordent difficilement ensemble et qu'il faut pourtant savoir unir, le respect de la discipline et le goût de la liberté. Voilà, Messieurs, plus d'un demi-siècle que la nouvelle Université a remplacé celle qu'illustra Rollin. Au milieu de difficultés et de rivalités sans nombre, dans une des époques les plus agitées de l'histoire, elle n'a rien négligé pour accomplir honorablement sa tâche. Elle a compté parmi ses maîtres beaucoup de gens utiles et quelques grands noms. Au premier rang de ceux dont elle est fière, qui l'ont le mieux servie, le plus honorée par l'étendue de leur savoir, la droiture de leur caractère, la dignité de leur vie, et qu'elle croit pouvoir opposer sans crainte aux meilleurs maîtres d'autrefois, soyez sûrs, Messieurs, qu'elle placera toujours M. Patin.

RÉPONSE

DE

M. E. LEGOUVÉ

DIRECTEUR DE L'ACADÉMIE FRANÇAISE

AU DISCOURS

DE

M. GASTON BOISSIER

PRONONCÉ DANS LA SÉANCE DU 21 DÉCEMBRE 1876.

Monsieur,

Vous savez quel fut le premier nom des discours académiques. Le récipiendaire adressait à l'Académie un compliment; le directeur lui répondait par un autre compliment, de façon que tout se passait en compliments.

Les choses ont un peu changé depuis ce temps là; seulement, au dire de quelques esprits graves, nous n'y avons gagné qu'à moitié, car, selon eux, nos discours constituent un genre faux, à la fois puéril et compassé, et ne sont guère, en réalité, que des panégyriques tempérés par des épigrammes.

Ce reproche est-il juste? je ne le crois pas. Plus d'un exemple est là pour prouver qu'il y a place ici entre l'épigramme et le panégyrique ; plus d'une voix sincère et éloquente a fait voir qu'on peut louer celui qu'on reçoit sans hyperbole, parler de celui qu'on regrette sans exagération, toucher même, en passant, quelques-unes des questions sérieuses qui se lient à ces deux noms, et donner ainsi à l'auditoire choisi qui nous écoute un plaisir digne de lui, en lui offrant deux portraits vivants, ressemblants, et où la peinture des côtés faibles fasse partie de la ressemblance.

C'est cette sincérité cordiale que je voudrais prendre aujourd'hui pour modèle, Monsieur ; je vous avouerai même que je désirerais aller un peu plus loin que la sincérité, jusqu'à la franchise ; être sincère, c'est ne dire que ce qui est ; être franc, c'est dire tout ce qui est: or, le jour de votre élection, vous avez eu vingt-trois voix pour vous, et neuf seulement contre ; hé bien, je vous avouerai franchement que j'étais un des neuf, et je vous demande la permission de vous dire pourquoi.

L'Académie française ne ressemble pas aux autres classes de l'Institut. La classe des sciences se recrute seulement parmi des savants ; les Inscriptions et les sciences morales, parmi des érudits ; les beaux-arts, parmi des artistes ; l'Académie française seule, et c'est là son caractère original, s'ouvre et doit s'ouvrir à tout ce qui brille à un titre quelconque dans le vaste domaine de l'esprit : historiens, orateurs, critiques, hommes politiques, poëtes, romanciers, auteurs dramatiques, tous peuvent dire : *Dignus sum intrare.* Ces personnes mêmes que l'on appelle des personnages, c'est-à-dire, qui, sans position littéraire bien précise, jouent un grand rôle dans la société polie, par le goût des lettres uni à l'éclat du nom, doivent avoir leur place dans ce sénat de l'intelligence, car ils y apportent une illustration et une force de plus. Enfin, pour emprunter une comparaison à la classe des beaux-arts, je dirais volontiers que l'Académie française ressemble à un orchestre, où la richesse et la beauté de l'harmonie résultent du nombre et de la variété des instruments; seulement je crois que les écrivains d'imagination, c'est-à-dire les poëtes, les romanciers, les auteurs dramatiques doivent y figurer comme les instruments les plus nombreux. Pourquoi? parce que la poésie, le roman et le théâtre représentent ce qu'il y a de plus rare et de plus difficile, l'invention, et qu'ils expriment ce qu'il y a de plus élevé dans l'art, l'idéal, la passion et la vie. Ajouterai-je que les autres genres de littérature conduisent ceux qui y excellent à la Sorbonne, au Collége de France, à l'Académie des inscriptions, aux sciences morales et politiques, voire même au ministère, mais que les œuvres d'imagination ne conduisent guère qu'à l'Académie? L'on m'objecte qu'elles mènent aussi à la fortune et à la gloire. Si c'est à la gloire, ouvrons-leur bien vite, car l'Académie a besoin de gloire! et, quant à la fortune, interrogez les rares élus qui y parviennent, ils vous diront à quel prix, même au théâtre, est souvent acheté un succès, combien d'efforts infructueux le précèdent, combien de déboires le suivent, combien d'années de stérilité stérilisent même une année d'abondance, et vous me pardonnerez, Monsieur, d'avoir soutenu ceux dont l'Académie est la seule ambition, et qui peuvent y prétendre, non-seulement par droit de talent, mais par droit de lutte et de souffrance.

J'ai hâte d'arriver, Monsieur, à vous et à vos travaux. Le

lendemain de votre élection, je me mis à l'œuvre ; je pris tous vos livres, non pas pour les lire, ce qui est un plaisir, et un plaisir que je m'étais déjà donné ; mais pour les relire, ce qui est une étude, et pour en tirer un discours, ce qui est un travail. Quelle fut ma surprise ! à mesure que je pénétrais dans vos écrits, vous m'apparaissiez tout autre. Jusque-là, j'avais sans doute apprécié en vous un érudit solide, un critique distingué ; je trouvais devant moi un esprit original et inventif. Le regret me prit ; de façon qu'après avoir voté contre vous par conviction, je rétractai tout bas mon vote par remords, et qu'élu il y a six mois avec vingt-trois voix, vous vous trouvez aujourd'hui en avoir vingt-quatre.

Votre originalité consiste d'abord, Monsieur, en ce que vous n'êtes ni de votre temps, ni de votre pays ; je veux dire que vous vous êtes choisi une patrie intellectuelle à trois cents lieues et à dix-huit cents ans de distance ; vous êtes né à Rome, vers l'extrême fin de la République, *consule Planco* : vous avez vécu, jour à jour, les lustres tragiques qui s'écoulent de César à Tibère, vous avez connu et pratiqué familièrement tout ce que cette époque a produit de plus grands hommes et de pires scélérats ; vous ne vous êtes pas contenté d'observer ce qui se passait sur la terre, vous avez voulu pénétrer dans l'Olympe et aux enfers, entrer en commerce avec Jupiter comme avec Auguste, et enfin, vos quatre grands ouvrages nous transportent si bien dans tous les coins de l'Empire, qu'on peut dire que, si vous êtes entré à l'Académie française, c'est à titre de citoyen romain.

Ce titre, comment avez-vous commencé à le mériter ? cela

vaut d'être rapporté. Vous professiez la rhétorique à Nîmes, votre ville natale, et, chose assez rare chez un professeur de province, votre seule ambition était d'y rester. Passe un inspecteur de l'Université ; votre mérite le frappe ; vous êtes appelé à Paris. Cette rapidité d'avancement inquiète votre conscience ; vous éprouvez le besoin de la justifier par un succès. A ce moment, l'Académie des inscriptions mit au concours un sujet difficile et sévère. Il s'agissait d'un écrivain latin dont le nom est immortel, et dont l'œuvre est comme morte ; qui, selon Quintilien, a écrit sur presque tout et dont il ne reste presque rien, de Varron. Tenter de faire revivre un tel homme, c'était vouloir, à l'imitation de Cuvier, recomposer un être vivant avec des fragments de squelette. Vous l'avez fait, Monsieur. L'Académie des inscriptions l'a reconnu en vous couronnant. Vous avez su, dans ce travail, être aussi érudit que les Allemands, et l'être autrement qu'eux, c'est-à-dire que vous avez joint à la science qui rassemble l'art qui compose. C'est là un talent propre à notre pays. Les savants d'outre-Rhin sont plus habiles collecteurs de matériaux que nous ; mais nous sommes meilleurs architectes qu'eux. Vous leur avez pris leur qualité et vous avez gardé la nôtre ; je vous en félicite ; c'est un bon exemple que vous avez donné là, et utile à suivre en tout. Quand Molière imitait Plaute, il se servait de Plaute pour faire du Molière. Voilà notre modèle ! Étudions les étrangers, mais pour devenir de plus en plus Français.

Votre ouvrage sur *la religion romaine, d'Auguste aux Antonins,* montre votre talent sous un aspect nouveau.

Vous êtes né en pleine antiquité, Monsieur, en naissant à Nîmes. Les premiers objets qui ont frappé vos yeux sont des monuments romains, c'était une prédestination ; mais, chose caractéristique ! même jeune, vous avez plus pensé à les interroger qu'à les admirer. Sans doute, ces débris de temples, ces colonnes brisées, ces tombeaux en ruines parlaient à votre imagination et vous charmaient par la pureté de leurs lignes et la beauté de leurs formes ; mais vous y cherchiez surtout des renseignements : vous vous attachiez plus aux inscriptions gravées sur ces chefs-d'œuvre, qu'à ces chefs-d'œuvre même, allant ainsi, d'instinct, à cette science de l'épigraphie à laquelle vous devez la plus réelle valeur de votre livre, et où l'histoire trouve aujourd'hui un si puissant secours.

Aujourd'hui, en effet, tout véritable historien, rejetant les documents de seconde main, marche droit à ce qu'on appelle énergiquement et poétiquement les *sources*, c'est-à-dire à ce qui jaillit directement de l'âme humaine, ou des faits. Or, quelle source plus riche que le langage des pierres séculaires ? Les hiéroglyphes nous avaient appris tout ce qu'une nation intelligente et méditative peut faire tenir d'événements sur quelques centimètres de granit ; il suffit parfois d'une ligne pour raconter un règne ; si je l'osais, je dirais que c'est de la substance de siècles. Moins concise, l'épigraphie est plus instructive encore. Elle ne nous transmet pas seulement les grands documents officiels, décrets du sénat, lettres de princes, jugements rendus ; elle raconte ce que ne disent pas les livres, la vie quotidienne des classes populaires : sur ces tombeaux, sur ces pierres commémoratives, sur ces autels, se retrouvent les costumes, les coutumes, les cérémonies, les croyances de la foule ; c'est l'histoire de ceux qui n'ont pas d'histoire.

Voilà, Monsieur, sur quel fondement à la fois solide et nouveau vous avez élevé votre livre de la religion romaine; voilà le point de départ de l'idée vraiment originale qui y préside, et sur laquelle je crois devoir insister un moment.

Deux écoles sont aujourd'hui en présence, qui portent sur cette époque deux jugements absolument contradictoires. La première, plus ancienne et plus nombreuse, prétend qu'en réalité, dès Auguste, il n'y avait plus de religion romaine, que le paganisme n'était alors qu'un reste de superstitions usées auxquelles personne ne croyait plus, que la morale tombait en ruines comme le culte, et que le monde attendait le dieu nouveau pour avoir une foi et une loi.

La seconde école, plus restreinte, mais non moins considérable par le mérite de ses fondateurs, affirme que la religion païenne, loin d'être aussi morte alors qu'on le prétend, a lutté contre le christianisme pendant deux siècles et qu'elle n'a été abattue qu'au bout de quatre. Ils ajoutent que le christianisme a calomnié le paganisme après l'avoir nié, l'a dépouillé après l'avoir calomnié, et que la religion antique, épurée et renouvelée comme elle l'était, suffisait au monde pour se relever et pour croire. Entre ces deux doctrines, laquelle avez-vous adoptée, Monsieur? Ni l'une ni l'autre et toutes les deux. D'un côté, vous avez montré, d'accord en cela avec l'école nouvelle, que, d'Auguste aux Antonins, le monde antique avait fait un effort immense pour reconstituer le paganisme; que les idées religieuses tombées en désuétude et même en mépris à la fin de la République s'étaient énergiquement relevées à la voix de la philosophie; que cette philosophie n'était pas seulement l'occupation de quelques esprits d'élite, et n'avait pas seu-

lement la morale pour objet, mais que, s'adressant au culte
même, elle avait entrevu et poursuivi l'idée d'un dieu
unique ; qu'elle avait deviné et mis en pratique la vertu
toute chrétienne de la charité, qu'elle s'était émue des pro-
blèmes de la misère, de l'égalité, de la solidarité, qu'elle
avait suscité entre les classes travailleuses le principe de
l'association, qu'elle avait créé des sociétés de secours
mutuels, adouci et moralisé le sort des esclaves, et
qu'enfin elle avait fait œuvre de religion en entreprenant
de régénérer la société tout entière au nom de la divi-
nité. Voilà, Monsieur, ce que, grâce à l'épigraphie, vous
avez avancé, affirmé et prouvé. Puis, une fois justice
rendue à ce grand mouvement religieux de l'antiquité et
aux écrivains éminents qui le défendent, vous avez dé-
montré qu'après deux siècles de lutte, ce mouvement s'é-
tait arrêté comme à bout de forces ; que son rôle était
fini ; qu'après avoir réveillé dans toutes les âmes la soif
de la religion, il avait été incapable de la satisfaire ; que
ses efforts pour tirer un seul dieu de tant de dieux et
condenser tout l'Olympe en un Jupiter quelconque, avaient
échoué devant l'encombrement de cet amas de déités qui ne
voulaient pas céder la place, et qu'ainsi, la loi religieuse
que les philosophes avaient voulu donner pour fondement à
la loi morale se dérobant pour ainsi dire sous eux, ils avaient
laissé le monde tout rempli à la fois d'un immense besoin et
d'une immense impuissance de croire. C'est alors, ajoutez-
vous avec autant de force que de vérité, c'est alors que le
christianisme, s'avançant, et s'avançant fortifié par deux siècles de lutte, s'empara de toutes ces âmes préparées pour lui,
leur donna ce qu'elles demandaient, une foi précise, un culte

simple, un dogme impératif, hérita enfin de tout l'ensemble des vertus érigées contre lui, et voilà comment la religion chrétienne porte un caractère doublement sacré, étant l'œuvre commune du monde ancien et du monde nouveau, et Dieu ayant donné à la fois saint Jean pour précurseur au Christ, Marc-Aurèle et Épictète pour coopérateurs à saint Paul !

Il faut l'avouer, Monsieur, il y a là une conception forte, ingénieuse, qui suffirait à vous mériter le nom d'un esprit original. Je retrouve ce mérite de nouveauté dans un autre de vos ouvrages. Cet ouvrage a pour titre : *l'Opposition sous les Césars,* et peut se résumer dans ce seul mot : Il n'y a pas eu d'opposition sous les Césars. Cette opinion, qui semblerait un paradoxe sous une plume moins sûre que la vôtre, fait table rase de nos souvenirs et de nos illusions de collége. Sur la foi des vers de Lucain et de la prose de Tacite, nous rêvions dans le monde dégénéré de l'empire toute une phalange, je dirais volontiers tout un peuple d'esprits généreux, qui protestaient contre le despotisme au nom des antiques vertus romaines. Votre examen, méthodique comme un cadastre, de toutes les classes de la société romaine, et votre analyse minutieuse de leurs divers sentiments, nous montrent partout le dégoût ou l'oubli de la république, l'indifférence pour la liberté, l'acceptation volontaire du pouvoir absolu, et Tacite lui-même nous apparaît poursuivant, pour tout idéal de gouvernement, le despotisme tempéré par la bonté du prince. Vous l'avouerai-je, Monsieur ? aucun de vos ouvrages ne m'a plus été au cœur que celui-là, car il démontre invinciblement quel abîme nous sépare de cette Rome de la décadence, à laquelle on nous assimile toujours. Non, nous ne ressemblons pas au peuple satisfait d'Auguste et de Tibère, car nous n'avons jamais ni douté, ni désespéré de la liberté! Non, nous ne ressemblons pas à la Rome impériale, car vingt ans d'un empire, à qui on ne saurait refuser, sans injustice, une véritable prospérité matérielle, n'ont pas pu réconcilier la nation avec le principe du gouvernement personnel; et c'est au milieu de tout l'éclat de ce règne qu'une voix éloquente proclama aux applaudissements de la France qu'il y a des libertés *nécessaires!*

J'arrive, Monsieur, au plus populaire de vos ouvrages : *Cicéron et ses amis.* Le succès en fut très-vif et général; les salons y applaudirent, les femmes même le lurent; cette faveur, qu'obtiennent rarement les livres de cette nature, flatta sans doute votre amour-propre d'auteur, mais inquiéta votre conscience d'écrivain sérieux. Comme cet orateur, qui, s'entendant applaudir par la foule, s'écria : Est-ce que j'aurais dit quelque sottise? Vous vous dites tout bas, non sans une certaine crainte : Est-ce que j'aurais fait un livre amusant? Hé bien, oui, Monsieur, il faut vous y résigner, vous avez fait un livre amusant! très-amusant! Vous y avez mis la qualité, et, oserai-je le dire? le défaut, où je trouve le trait le plus caractéristique de votre esprit. Vous êtes un érudit, un historien, un habile épigraphiste; mais vous êtes aussi un satirique et, ne vous récriez pas, un romancier. Voici comment: Quel est l'objet du romancier, du romancier moraliste? Faire revivre la société de son temps, en étudier les mœurs, en rechercher les types et mettre les mœurs en lumière en mettant les types en action. Hé bien, vous avez tenté pour le passé ce que le ro-

mancier essaye pour le présent. La vie, les mœurs, les caractères, voilà ce que vous cherchez avant tout dans vos
études sur la société romaine. Convaincu que les petits détails, les petits faits, sont ce qui donne la vérité et la réalité,
vous avez demandé non-seulement à l'épigraphie, mais aux
poëtes, aux historiens, aux philosophes, les mille parti-
cularités caractéristiques qui pouvaient ressusciter ce
monde disparu et ces personnages évanouis : de là l'intérêt
de votre livre, *Cicéron et ses amis*. Toutes les figures en sont
vivantes. Il est tel d'entre eux, votre Cœlius, par exemple,
qui a eu presque la popularité d'un personnage de Balzac,
tant vous excellez à reproduire le fond de leurs sentiments,
tant votre regard pénétrant poursuit ce qu'il y a eu dans
leur cœur de plus secret et de plus personnel. Là se montre, Monsieur, le côté vraiment supérieur de votre talent,
et celui qui me semble moins élevé.

M. Sainte-Beuve faisait grand cas de vous ; je le com-
prends, vous lui ressemblez. Il a écrit quelque part : Je ne
suis content que quand j'ai trouvé dans un grand homme
le point vulnérable, le côté faible... Hé bien, Monsieur,
vous aussi, vous avez le goût du côté faible. Votre livre :
Cicéron et ses amis, est plein de mille appréciations, fines,
vives, piquantes ; mais sont-elles toujours la vérité et la
justice, ou plutôt sont-elles toute la vérité et toute la justice ? Je ne le crois pas. J'admire beaucoup dans les sciences
d'observation l'usage du microscope qui nous fait voir les
infiniments petits ; mais, quand il s'agit des astres, c'est au
télescope qu'il faut recourir. Or, vous ne vous servez
pas assez du télescope. Je prends Cicéron pour exemple.
Je vous reprochais un jour de l'avoir rapetissé. C'est im-

possible, me répondîtes-vous vivement, je n'ai choisi ce sujet que sous le coup d'une nouvelle lecture des lettres de Cicéron, et par enthousiasme pour ces lettres. Voilà précisément ce qui explique, je ne dirai pas votre injustice, mais votre sévérité à l'égard de ce grand homme. Vous êtes entré dans son âme par la petite porte, en y entrant par la correspondance ; car qu'est-ce que cette correspondance, sinon la peinture journalière de toutes les mobilités, de toutes les contradictions, de toutes les défaillances passagères, de toutes les grâces mêlées de faiblesse qui sont le propre de cette nature ondoyante et multiple dont Voltaire seul peut nous donner une idée ? Rien donc de plus vivant et de plus amusant que votre portrait de Cicéron; et cependant, ce n'est pas lui parce que ce n'est pas tout lui ! Les grandes lignes fixes disparaissent dans la peinture des mille physionomies de chaque minute ; le trait dominant manque.

Un jour, l'empereur Auguste surprit son petit-fils lisant un livre qu'il s'empressa de cacher; l'empereur prit le volume, c'était un ouvrage de Cicéron. Après en avoir lu quelques lignes, il le rendit à l'enfant, et ajouta d'une voix émue, où perçait peut-être quelque remords : « Mon fils, cet homme-là aimait profondément son pays ! » Voilà le trait dominant de Cicéron; voilà ce qui efface tous ses défauts, voilà ce qui alimente et immortalise son génie ! Voilà enfin ce que j'aurais voulu voir plus vivement reproduit dans vos pages ! Qu'importe que ce grand homme ait eu quelques pusillanimités de détail, quelques vanités de passage ? Dès que l'intérêt de Rome était là, vanité, terreurs, hésitations, tout disparaissait; il ne voyait plus qu'une chose, la patrie ; il n'avait plus qu'un but, le salut de Rome, et il allait droit, non pas seulement au devoir, mais à l'héroïsme, de façon qu'on peut dire que, dans ces terribles tempêtes civiles, il eut tous les petits effrois et tous les grands courages.

En voulez-vous la preuve ? Rappelez-vous ses admirables réponses à Cœlius, à Atticus, à Caton lui-même. Caton, vous le savez, Caton, avant Pharsale, le suppliait de ne pas aller rejoindre Pompée, et lui conseillait de se retirer à Tusculum pour y écrire quelque beau livre sur la concorde. Que lui répond Cicéron ? « Mes livres ! mes études ! la philosophie ! tout cela ne m'est plus rien ! Je regarde du côté de la mer ! Je suis comme un oiseau qui veut s'y envoler, car c'est là qu'est la république et la liberté ! » On lui démontrait que c'était courir à sa perte ! « Soit, je vais comme Amphiaraüs me jeter volontairement dans l'abîme ! » Cœlius l'adjurait de se conserver pour son fils !... « Si la république subsiste, mon fils sera toujours assez protégé par le nom de son père... Si elle doit périr, qu'il subisse le sort des autres citoyens ! »

Ah ! croyez-moi, Monsieur, quand on rencontre dans l'histoire de pareils hommes, il faut non pas atténuer leurs grandeurs par leurs petitesses, mais noyer leurs petitesses dans leurs grandeurs ! Il faut, tout en respectant les droits imprescriptibles de la vérité, laisser leur image dans cette attitude sculpturale, qui les présente à la postérité comme autant de phares immortels, destinés à luire à travers les âges, pour enchanter les regards des générations successives et leur servir de guides.

En revanche, si je vous trouve trop sévère pour Cicéron,

vous me semblez trop indulgent pour Brutus. Son austé-
rité vous plaît, sa douceur vous touche, sa culture d'esprit
vous charme, et il nous apparaît sous votre plume comme
une sorte de Vauvenargues; mais Vauvenargues n'avait
assassiné personne, et je vous avoue que je n'ai aucun goût
pour les assassins honnêtes. Nos déclamations de collége
sur les grands meurtriers de l'antiquité, nos pièces de
vers latins sur Harmodius et Aristogiton, ont, selon moi,
tellement perverti notre sens moral et politique que j'en
suis arrivé à haïr dans ces célèbres immolateurs jusques
à leurs vertus. Oui! Le désintéressement de tel ou tel des
proscripteurs de la Convention m'inspire une sorte de
colère parce qu'on l'invoque en sa faveur comme une sorte
d'excuse ; et je répéterai toujours avec Shakespeare :
Qu'il y a une tache que tous les parfums de l'Arabie et
tous les flots de l'Océan ne peuvent pas laver, c'est une
tache de sang.

Si je voulais, Monsieur, mériter tout à fait le brevet de
franchise que je me suis décerné, je devrais vous quereller
encore à propos des poëtes. Il me semble que vous les
jugez trop en moraliste et pas assez en artiste; leur vie
vous fait trop oublier leurs vers. Que vous a fait le pauvre
Ovide pour vous attacher à la peinture de ses faiblesses de
courtisan, sans y mêler, au moins comme compensation, quelques aperçus sur son charmant génie? Pourquoi nous
démontrer, avec votre érudition impeccable et votre observation implacable, que ce Juvénal, si éloquemment appelé
par Victor Hugo la *vieille âme libre des républiques mortes*,
n'avait souci ni de la république ni de la liberté? Victor
Hugo n'en a pas moins raison! Je ne sais si Juvénal pos-

sédait ou non les vertus qu'il célébrait, mais ses satires
les possédaient! Que dis-je? Il les possédait lui-même
dans le moment où il composait ses satires! Le poëte
pense tout ce que lui dicte son génie, tant que son génie
parle! Son imagination fait partie de sa conscience! ses
vers font partie de ses vertus, car c'est dans ses vers qu'il
vivait le plus pleinement! c'est dans ses vers qu'il se survit!
c'est dans ses vers qu'il faut le juger! Quand on me parle
de la pusillanimité de l'auteur du *Cid* en face de Scudéry,
je réponds par une tirade de don Diègue, et je dis : Voilà
le véritable Corneille!

Ces sentiments, Monsieur, étaient ceux de votre cher et
regretté prédécesseur. Je me souviens qu'il y a deux ans,
sur une petite côte de Bretagne, nous nous promenions,
lui et moi, au bord de la mer. La conversation tomba sur
Lamartine. Si j'avais eu le plaisir de vous avoir pour com-
pagnon de promenade, le nom de Lamartine eût proba-
blement amené sur vos lèvres quelque fait piquant, quelque trait caractéristique, authentique et épigrammatique ;
savez-vous ce que fit M. Patin, déjà octogénaire? Il me
récita cent vers des *Harmonies poétiques,* tout d'une haleine.
sans une erreur, sans une hésitation de mémoire, et avec
l'émotion, l'enthousiasme d'un jeune homme de vingt-cinq
ans,... d'un jeune homme de vingt-cinq ans d'autrefois, car
aujourd'hui l'enthousiasme n'a guère moins de quarante ans.

Dans ce petit fait se marque le caractère particulier de
l'intelligence de M. Patin, la sympathie. Vous avez rendu
une éclatante justice, Monsieur, à l'immense érudition dont
témoignent les *Etudes sur les tragiques grecs,* vous avez
montré à l'œuvre cette infatigable ardeur d'investigations

qui contrôlait tous les textes, recueillait toutes les leçons, interrogeait tous les travaux étrangers; mais d'où
venait cette ardeur? Était-ce seulement curiosité, besoin
de savoir, amour du vrai? Non, c'était aussi, c'était surtout
amour du beau, et adoration pour les trois grands génies
qu'il étudiait. Il cherche à travers les siècles et les langues
tout ce qu'ils ont non-seulement créé mais inspiré; il par-
court tous les théâtres pour y découvrir une belle scène,
un beau vers, un trait de sentiment qui se rapporte à une
de leurs tragédies. Pourquoi? Pour rassembler autour
d'eux tout ce qui est sorti d'eux, pour les entourer de leur
postérité, pour faire gerbe de tout ce qu'a produit leur
souffle créateur et le déposer sur leur autel! Travail d'a-
beille qui aspire le suc et le parfum des choses! don de
sympathie qui change un ensemble de recherches en une
œuvre passionnée, personnelle, vivante! Mélange d'esprit
critique et d'esprit enthousiaste, grâce auquel ce livre
est un livre à part, que personne n'avait fait, que personne ne refera, qui durera en France autant que l'étude
même du génie grec, et qui rattache M. Patin à l'éclatante génération des professeurs de 1830. Oui, il est
de la famille des Villemain, des Cousin, des Royer-Collard, car c'est un croyant comme eux! Il a le culte du
grand comme eux! Et peut-être est-ce là qu'il faut chercher la différence de cette ancienne université et de la nouvelle. La première était un point d'admiration; la seconde
est un point d'interrogation; ce qui n'empêche pas que
vous admirez quelquefois, et qu'ils interrogeaient toujours.

Ici, Monsieur, s'impose à moi une question bien grave,
qui partage et passionne les meilleurs esprits, où je vous

retrouve tous deux, M. Patin et vous, activement mêlés,
et je suis d'autant plus empressé de vous y suivre que
cette question a été pour moi l'objet des plus sérieuses
études. Je veux parler des réformes de l'enseignement se-
condaire.

Vous vous rappelez, Monsieur, l'effet immense produit
par la circulaire d'un ministre de l'instruction publique, qui
n'était pas encore notre confrère, et qui a un peu tardé à
le devenir, peut-être à cause de cette circulaire. Elle était
bien hardie en effet. Supprimer radicalement les vers latins,
porter atteinte au thème, faire prévoir la déchéance future
du discours latin, mettre au premier rang l'étude de la littérature française et de la langue française, prendre enfin
pour devise : *Les langues mortes sont faites pour être lues et les
langues vivantes seules pour être parlées ;* il y avait là, il faut
en convenir, des réformes qui ressemblaient fort à une révolution ; c'était comme un nouveau siége de Rome par les
Barbares. L'émotion fut profonde au sein de l'Académie ;
nos voix les plus éloquentes, nos plumes les plus autorisées,
firent cause commune pour la défense de la ville éternelle.
M. Patin se sentit blessé dans le culte de toute sa vie. Quelle
eût été votre opinion, Monsieur, si nous avions eu déjà à ce
moment le plaisir de vous compter parmi nous ? Je n'ai
qu'à relire vos quatre articles sur l'enseignement, si re-
marqués dans la *Revue des Deux-Mondes,* pour m'assurer que
votre sentiment eût été conforme au mien. Je crois que,
comme moi, vous auriez approuvé cette circulaire, sinon
dans tous ses détails, du moins dans son esprit général ;
mais je crois que, comme moi aussi, vous l'auriez approu-
vée tout bas. Je dois en effet vous l'avouer : quand je vis

ces réformes si vivement attaquées par nos confrères, je
n'osai pas les défendre ; non par défaut de conviction, mais
par déférence et par affection pour M. Patin. Je le voyais
si profondément ému que je m'arrêtai devant la crainte
de le blesser, de l'attrister, je dirais volontiers de le con-
trister.

Je gardai donc le silence vis-à-vis de lui, et à cause de
lui, jusqu'à ce qu'un jour mon opinion m'échappa malgré
moi. Je n'oublierai jamais cette conversation. C'était encore pendant notre séjour en Bretagne ; nous remplissions,
lui et moi, l'office qui échoit souvent aux parents pendant
les vacances ; nous étions les répétiteurs honoraires de nos
deux petits-fils, graves personnages de douze à treize ans.
Un jour, après la correction d'un thème où nos deux écoliers avaient réuni toutes les variétés de barbarismes et de
solécismes à propos de règles qu'ils avaient apprises deux
cents fois, M. Patin tomba dans un silence plein de tris-
tesse. Sous le coup du même sentiment, j'allai à lui, et je
lui dis : « Mon cher ami, est-ce que cela ne vous trouble
pas ? est-ce que cela ne vous éclaire pas ? — Me troubler ?
m'éclairer ? Que voulez-vous dire ? — Je veux dire, m'é-
criai-je en lui montrant nos deux enfants consternés, que
soumettre ces jeunes esprits à une telle besogne, ce n'est
pas les former, c'est les déformer, ce n'est pas les instruire,
c'est les torturer !... » Il se leva en se récriant. Je repris avec
plus de calme : « Voyons, mon ami, voyons, ne nous empor-
tons pas et raisonnons. Voilà deux enfants qui ne sont pas
plus inintelligents ni plus entêtés que d'autres, et voilà des
solécismes qu'on leur a corrigés trois cents fois depuis
trois ans, et qu'ils refont toujours. Est-ce leur faute ?

Est-ce leur faute s'ils sont là, tous deux, devant cette malheu-
reuse grammaire, comme des bornes? Est-ce leur faute? non.
C'est la nôtre! oui, la nôtre, à nous qui faisons précisément
le contraire de ce que nous indique la nature. Ces deux enfants, hors de la classe, hors du thème, dans la vie, dans
la conversation, dans le commerce journalier avec les êtres
et avec les choses, ne sont-ils pas avisés, éveillés, attentifs?
Oui. Pourquoi? Oh! Pourquoi? Parce qu'ils s'instruisent
alors comme des enfants de leur âge doivent s'instruire, par
les yeux, par les faits, par le spectacle et l'examen des choses
extérieures. L'enfant est, avant tout, un être de sensation;
nous en faisons une machine à réflexion. Dieu lui a donné pour
premiers instituteurs les cinq sens; nous étouffons ces cinq
sens. Il a des yeux, nous les lui crevons. Il a des oreilles,
nous les lui bouchons. La curiosité est chez lui un appétit,
nous le satisfaisons avec quoi? avec la syntaxe! Nous l'arra-
chons au libre et éclatant domaine de la nature qui est le sien,
pour l'enfermer dans la plus froide et la plus obscure des
prisons, dans l'abstraction! Et quelle abstraction? L'abstraction de la grammaire! Et quelle grammaire? La grammaire latine!» A ce mot, M. Patin releva la tête. Jusqu'à ce
moment, mon impétuosité l'avait un peu étourdi; il était
plus occupé de me suivre que de me répondre. Mais mon
dernier mot le blessa à l'endroit le plus sensible. « Mon
ami, me dit-il vivement, ne touchez pas à la langue latine,
c'est frapper notre mère! » Alors, avec une émotion et une
éloquence vraiment supérieure, il me rappela tout ce que
nous devons à l'antiquité; il me montra nos plus grands
écrivains, depuis Rabelais jusqu'à Montesquieu, nourris
du génie des Latins; notre langue formée de la langue latine,

nos lois civiles sorties des lois romaines, notre organisation
administrative empruntée en partie aux Romains, les plus
illustres personnages de nos annales façonnés à l'image des
caractères antiques, nos conversations remplies des souvenirs de l'antiquité, des citations de l'antiquité, l'âme de
Rome enfin mêlée de tous côtés à notre âme, et vivant en
nous comme une partie de nous-mêmes!... « Et voilà, ajouta-
t-il avec une véhémence qui touchait à l'indignation, voilà
ce que l'on ne craint pas de renier, d'attaquer, d'ébranler,
de détruire! — Mais, mon ami, m'écriai-je à mon tour, il
ne s'agit ni de renier ni de détruire, mais de circonscrire
et de fortifier en circonscrivant. J'admire l'antiquité comme
vous, je crois comme vous qu'il n'y a pas de fortes études
littéraires sans cette étude... Mais ni vous ni moi ne pouvons
enpêcher que le monde ne soit changé, et que, par consé-
quent, tout ne doive changer autour de lui comme en lui.
Que l'étude de la langue latine fût le pivot de l'éducation
d'autrefois, rien de plus juste, puisqu'elle était le fondement de toutes les œuvres intellectuelles, le lien de toutes
les relations sociales. Les livres de médecine, de droit,
d'histoire, de sciences, s'écrivaient en latin ; les corres-
pondances se faisaient en latin ; Marguerite de Valois adressait aux ambassadeurs vénitiens une harangue en latin ;
Montaigne nous apprend que chez son père les domes-
tiques devaient parler latin... et ils ne demandaient pas
d'augmentation de gages pour cela. C'était la langue uni-
verselle, c'était une langue vivante; mais aujourd'hui, qu'est-
elle?... » Il ouvrit la bouche pour m'interrompre, mais je
l'arrêtai, et lui prenant la main : « Tenez, mon ami, lui dis-je,
tenez, levez les yeux, et regardez le ciel. Autrefois notre globe

terrestre y jouait le premier rôle ! Il était le centre de l'univers. La science est venue, qui l'a détroné. L'infini s'est peuplé
à nos yeux de milliers d'astres plus importants que lui, et il
a fallu que notre petit globe se résignât à n'avoir plus que sa
place dans le grand chœur céleste. Eh bien, voilà précisément l'histoire de la langue latine. Elle doit garder une place
dans l'éducation, une belle place, mais sa place. Quoi ! lors-
que tant d'objets merveilleux et utiles sollicitent notre
curiosité, et réclament l'effort de notre intelligence, lors-
que tous les peuples nous ouvrent leurs annales, quand la
vie du passé et la vie du présent éclatent à nos yeux sous
tant de formes, quand la nature lève un à un tous ses voiles
devant les investigations de la science... quoi ! c'est alors
que nous prendrions à l'enfance et à l'adolescence dix
ans, et quels dix ans ? la fleur de la vie ! pour leur enseigner mot à mot, règle à règle, comme s'ils devaient la
parler et l'écrire, une langue qu'ils n'écriront jamais, qu'ils
ne parleront jamais ! S'ils la savaient au moins ! mais ils ne
la savent pas ! Ce que l'on décore du nom de discours latin est un amalgame du style de toutes les époques qui
ferait reculer Cicéron d'horreur ! Nos enfants perdent à
parodier les grands écrivains le temps qu'ils devraient em-
ployer à les connaître ! Sur cent élèves sortant de rhétorique, il n'y en a pas quinze capables de lire couramment vingt
pages d'un livre latin ! Voilà ce que nous attaquons ! Nous
ne demandons pas qu'on supprime l'étude de la langue
latine, mais qu'on l'enseigne aux enfants, plus tard, plus vite,
autrement et mieux ! Nous demandons qu'au lieu de leur
montrer à l'écrire mal, on leur montre à la lire bien ! Nous
demandons... » Je m'arrêtai court. Pourquoi ? Parce que je

sentis soudainement que je perdais mes paroles, et que j'aurais pu continuer ainsi pendant une heure sans faire un pas de plus dans la conviction de M. Patin. Je me trouvais en face de ce qu'il y a de plus inébranlable au monde, un principe, et de ce qu'il a de plus respectable ici-bas, une croyance. Je me tus donc, et je fis bien, car je n'attendis pas longtemps une preuve évidente de la force de cette croyance. M. Patin avait deux facultés également puissantes et également indéfectibles, son amour pour le travail, et sa force de travail. Il disait souvent : « Chaque jour où l'on ne gagne pas, on perd. » Cette belle maxime, il la mit en pratique jusque dans le cours de sa dernière maladie. Personne n'a étudié plus avant dans la mort. Un matin, à la veille de ses derniers moments, il dit à une personne bien chère qui veillait près de lui : « Prends une plume et écris... » Il dicta alors quelques lignes et demanda qu'elles fussent serrées dans un tiroir qu'il désigna. Or savez-vous ce que contenaient ces lignes? Un sujet de vers latins pour le concours général. Je ne connais rien de plus caractéristique, et le dirai-je? de plus touchant. C'est la protestation d'un fidèle en face des faux dieux qui s'avancent ; il me semble entendre un royaliste s'écriant sous la terreur en allant à la mort : « Vive le Roi! » et l'on peut dire de M. Patin, et à sa gloire, qu'il a été le dernier des Romains!

Nous voici naturellement amenés aux beaux travaux de notre confrère sur les poëtes latins ; vous en avez justement fait ressortir, Monsieur, toute la primitive originalité et toute la richesse. Je ne peux penser sans respect que cet homme, qui a fait tant d'autres choses, a traduit tout le poëme de Lucrèce, une grande partie de Plaute et de

Térence, des fragments considérables de Virgile, de
Martial, de Lucain, de Juvénal, à peu près tout ce qui
nous reste des vieux poëtes, et enfin l'œuvre entière
d'Horace, sur lequel vous nous avez lu une si jolie page.
Dans ce dernier travail, il a rencontré de nombreux concurrents. Le goût, et si j'ose le dire, la manie de traduire
Horace est une maladie qui sévit aujourd'hui sur les hommes de toutes les professions, vers l'âge de cinquante
ou soixante ans. C'est le coup de cloche de l'adieu au
monde. Au XVIIᵉ siècle, on se retirait dans un couvent;
aujourd'hui, on se retire en Horace. Un magistrat quitte sa
toge? il traduit Horace. Un avocat abandonne le barreau?
il traduit Horace. Un ministre perd son portefeuille sans es-
poir de retour? il traduit Horace... pour se persuader qu'il
est philosophe. Un négociant renonce à son commerce? il
traduit Horace pour se persuader qu'il est latiniste. Puis,
la traduction faite et imprimée, on la présente aux concours de l'Académie ; c'est la seconde phase de la maladie,
et la troisième, c'est que l'Académie ne se lasse pas plus
de récompenser les traducteurs d'Horace que ceux-ci de le
traduire. J'en ai déjà vu concourir plus de vingt et cou-
ronner plus de quatre. Vous en verrez aussi, Monsieur, et
s'il vous arrive d'objecter aux candidats le nombre des
traductions précédentes, ils vous répondront tout bas ce
qui m'a toujours été répondu à moi : « Elles sont si mauvai-
ses, Monsieur, pleines de contre-sens! » Sur quoi je me ré-
crie, en disant : « Il y en a pourtant une, Monsieur, qui fait
exception! — Laquelle donc? — Celle de M. Patin. » Vous
voyez d'ici leur embarras, et avec quel empressement ils me
répliquent : « Oh ! je ne parlais pas de M. Patin. Certaine-

ment, celle de M. Patin... — Alors, Monsieur, je vous demande la permission de m'y tenir, car elle réunit, selon moi, les deux qualités fondamentales de toute bonne traduction, la fidélité et l'élégance. »

J'ai dit l'élégance ; en effet, quoique l'on ait spirituellement reproché à M. Patin de mettre dans ses phrases trop de virgules et pas assez de points, son style se recommande par des qualités très-particulières, très-personnelles, de justesse exquise dans les termes, et de gracieux abandon dans les tours. *Le style, c'est l'homme*, a dit Buffon. Personne ne l'a mieux prouvé que M. Patin, et je ne sais pas de plus exacte définition de son talent que ce trait de sa vie. Il y a un grand nombre d'années, la chaire de littérature latine devint vacante à la Sorbonne. Deux concurrents s'y présentèrent, l'un porté par la Faculté des lettres, c'était M. Victor Le Clerc ; l'autre porté par le conseil académique, c'était M. Patin. M. Victor Le Clerc fut nommé. Quelques jours après, parut, dans un journal important, un long article sur le nouveau professeur. L'éloge était sans restriction, et l'article sans signature. M. Victor Le Clerc voulut connaître le nom de celui qui l'avait si bien loué ; impossible de le découvrir, et ce fut seulement quelques années plus tard que le hasard lui apprit que son panégyriste était son concurrent. M. Patin avait fait cet article sans le dire, et ne l'avait pas dit après l'avoir fait. Y a-t-il rien de plus délicat, de plus rempli d'élégance morale ? Hé bien, voilà comme il écrivait ! Aussi M. Cousin, si fin appréciateur des hommes, et si habile à revêtir ses appréciations d'une forme originale et piquante, disait souvent de M. Patin : « C'est une créature charmante ! » Oui ! charmante

par le mélange exquis de la grâce de l'esprit et de la grâce
du cœur! Charmante par cette incomparable bonté qui se
répandait sur son visage comme une lumière! Charmante
par l'accord des dons les plus variés! Ces dons s'unissaient
chez lui dans une si heureuse proportion, que ses œuvres
et sa vie, son esprit et son âme formaient un tout harmo-
nieux, pareil à une belle œuvre d'art. Il fut, ce qui peut-
être est le plus rare en ce monde, il fut complet dans sa
mesure.

Je l'ai connu il y a plus de quarante ans. Il était alors
déjà tel que vous l'avez vu depuis, si savant qu'il aurait pu
se passer d'être aimable, si aimable qu'il aurait pu se passer d'être savant. Sa modestie, unie à son solide mérite,
attirait tellement tout le monde, que chacun s'empressait
de mettre en avant cet homme qui se mettait toujours en
arrière ; c'est ainsi qu'il est arrivé à tout, à force de ne
pas se pousser. Il a occupé les deux plus hautes fonctions
littéraires : il a été doyen de la Faculté des lettres après
M. Victor Le Clerc et secrétaire perpétuel de l'Académie
française après M. Villemain. Un seul de ces héritages eût
été lourd, même pour un homme de mérite ; une seule de
ces fonctions eût suffi à l'activité d'un homme encore
jeune : M. Patin les obtint toutes deux, sans les briguer,
à plus de soixante-quinze ans, et il les porta si légèrement,
il les remplit si dignement, qu'après sa mort, nous disions
de lui ce qu'on disait de ses illustres prédécesseurs : « Comment le remplacer? » C'est encore lui qui nous a tirés d'embarras, Monsieur, en désignant d'avance à notre choix son
spirituel successeur... qui ne le fait pas oublier; il fait
mieux, il le rappelle.

Dans nos séances particulières, sa parole persuasive, élégante et facile, s'emparait de l'attention avec tant de force et si peu de bruit, que nous nous apercevons aujourd'hui seulement de toute la place qu'il tenait, en mesurant tout le vide qu'il laisse. Ajoutez que cet homme si occupé avait tous les goûts d'un homme qui ne fait rien; il écoutait la musique en dilettante, il allait voir tout ce qui se produisait de beau, il cultivait ses amis, il se livrait au monde, à la conversation, et son esprit délicat y montrait une finesse qui n'excluait pas la malice, mais que tempérait toujours l'urbanité ; enfin c'était un véritable Grec ! Il semblait que, dans son long commerce avec Sophocle et Euripide, il eût retenu quelque chose de la grâce attique : il en avait le sel et le miel.

Un mot encore, et je finis.

La Providence avait accordé à M. Patin, pour couronnement de tant de bienfaits, ce je ne sais quoi d'achevé que donne le bonheur. Heureux en tout comme il était heureux de tout, il rencontra au milieu de sa carrière une compagne vraiment digne de ce beau nom, propre à le comprendre, et, au besoin, à le compléter. Quand les armées allemandes entourèrent Paris, les amis de M. Patin, justement préoccupés de son grand âge, lui conseillèrent de fuir les fatigues et les privations du siége. Il refusa. « Je suis doyen de la Faculté des lettres et secrétaire perpétuel de l'Académie française, répondit-il ; mon poste est à la Sorbonne et à l'Institut, j'y resterai ! » — « Tu fais bien ! » lui dit sa femme, et elle resta avec lui. C'est là que j'ai compris que le meilleur conseiller des résolutions courageuses est encore le foyer domestique. C'est là que j'ai vu comment certaines affections saintes et profondes réunissant, ce semble, en elles seules toutes les autres affections, une femme peut avoir à la fois, pour l'homme dont elle est fière de porter le nom, la vigilance d'une mère, le respect d'une fille, la tendresse d'une sœur, et la vaillante affection d'une amie.

Je m'arrête, Monsieur. Je ne veux pas pénétrer dans cette famille, dont M. Patin a été pendant quarante ans la joie et l'honneur, et que son absence remplit aujourd'hui de deuil et de larmes. L'incurable douleur de ceux qui lui survivent reste encore son plus beau panégyrique. Que leur consolation soit de se dire que si notre époque compte des noms plus brillants, et dont il restera une plus éclatante mémoire, nul ne laissera après soi un plus touchant et plus honoré souvenir.

Paris — Typographie de Firmin-Didot et Cie rue Jacob, 56.